# 독고
# 2

# 독고 2

5

민 글
**백승훈** 그림

뭐야? 나 김종일하고
제법 괜찮…

쌍년이…

뭐 하고 있어! 빨리!
밟아! 밟으라고!

아니!

넌…?

기천 1학년
짱 배한규다! 왜?

# 이 몸 등★장!

삐익

삐익

전화

147 통의 부재중 전화

어…?

철컥

이 새끼…
전화 왜 안 받아?

못 들었어요. 아 잠, 형사님.
서북고연 다 끝났어요. 3주 걸릴 줄
알았는데 일주일 만에…

야! 이 멍청아!

너 싸움질한 거 사진 찍혀서
신고 들어왔어. 네 친구들하고
전부 잡히게 생겼다고!

예?

[상대]
형님. 아침 뉴스 봤어요?
씨바… 우리 좆 됐어요.

예. 조남걸입니다.
지난밤 인적이 드문 폐공터에서
고등학생 불량 서클들이
서로 패싸움을 벌였습니다.

이 학생들은 연합 서클을 만들어
인근 일대를 장악하여 일반 학생들을 상대로
금품을 갈취하였습니다.

이를 지나가던 시민이
발견하고 사진과 동영상을 찍어
경찰에 신고했습니다.

경찰은 금전적 이익을 두고
연합 서클 간 갈등을 일으킨 것에
초점을 두고 패싸움에 참여했던
학생들을 소환한다는 계획입니다.

한편, 현덕고 측은
긴급 이사회를 열고…

미안하긴.

박찬섭    조폭 꿈나무들 시키들. 그냥 다 사형시키자.
         저런 것들 커 봤자 사회에 암덩어리다.
         5시간    좋아요    답글달기

나연경    레알 헬조선이네. 미개한 것들.
         5시간    좋아요    답글달기

정민아    미성년자라고 또 봐 준다는데 내 양쪽 x가슴을 건다.
         제발 법 좀 강화해라.
         5시간    좋아요    답글달기

엄태복    정민아 뭘 건다굽쇼? 걸크러쉬 오지고요.
         5시간    좋아요    답글달기

김태헌    이게 나라냐!
         5시간    좋아요    답글달기

남정훈    그 와중에 47초 마스크 팔 꺾는 것 무엇?
         5시간    좋아요    답글달기

와 씨…
잘 알지도 못하면서.

그런 건 왜 보냐?

뭐야? 이게 뭐야?

# 집단 패싸움 관련 징계.
# 퇴학.
# 강혁, 이세운, 반민찬, 반월현,
# 강범구, 김다빈, 박동준

뉴스 좀 보고 살아. 이눈아.

너…

패싸움하다가 사진 찍혔잖아. 여자들은 안 찍은 것 같던데.

그러고 보니 넌 왜
어제 안 왔어?

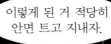

이렇게 된 거 적당히
안면 트고 지내자.

반씨들 하는 게 짜증 나서.
어쨌든 돈 때문에 싸우긴 했는데…

일!

일.

어머니는 내가
잘 설득해볼게.

…

내가 면목이 없다.
어른이 되어가지고
네 도움이나 받고.

그땐…

저도 돕는다고
생각했습니다.

그런데 그게
아니었어요.

그냥…

무슨 얘기냐?

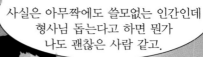
사실은 아무짝에도 쓸모없는 인간인데
형사님 돕는다고 하면 뭔가
나도 괜찮은 사람 같고.

마, 쓸데없는 소릴…

점점 쓸모없는 사람이
되는 것 같았습니다.

그렇게… 제가 처한 현실을
잠시나마 잊고 싶었습니다.

후우…

지금은 다시
현실이 되었어요. 아무리
발버둥 쳐도 앞이 안 보여요.

애는 씨름선수 출신이잖아요. 격투 종목 선출인 데다 3년 전에도 걸린 게 있어서요. 작년 건 넘어간 것 같은데.

응?

그리고 검사가 형님 좀 보잡니다.

에? 왜?

모르죠. 뭐.

아… 씨. 알겠다. 알았어. 나중에 이야기해.

띠리리리

에?

띠리리리

음…

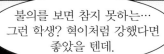

불의를 보면 참지 못하는…
그런 학생? 혁이처럼 강했다면
좋았을 텐데.

…!

가볼게요.

아 참, 태진이도
풀려 나왔어요? 밖에
혁이 있던데.

태진이는
격투 종목 선출이라서
문제가 있나 보다.

뭐야?
이젠 네가 학교에 안 와?
무슨 일 있어?

아무 일도 없어.

아닌데? 너 지금
우는 목소린데?

아니야.

야. 너 지금 어디야?
갈게. 밥이나 먹자.
내가 살게.

…

김밥낙원?
롯데날드킹?

…

짜장면?

싫…어. 그건
죽어도 안 먹어…

목소리 왜 그래?
너 울지? 어디야?

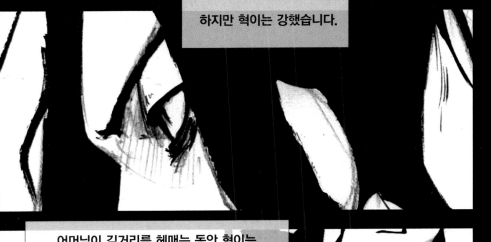

하지만 혁이는 강했습니다.

어머님이 길거리를 헤매는 동안 혁이는
태산고에 후로 잠입해 후를 그렇게 만든 녀석들을
하나하나 모두 깨뜨렸습니다.

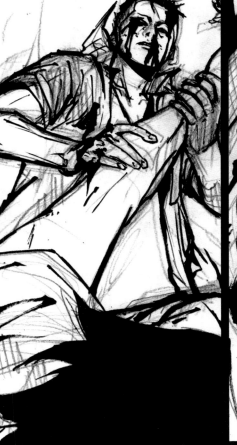

패배자한테 끌려 내려와봐라.

같이 맞서 싸웠지만 혁이는
깨지지 않았습니다. 그 차이뿐입니다.
어머님, 혁이가 가는 길이 곧
후가 가고 싶었던 길입니다.

네?

!

예. 마지막으로 한 말씀만
더 드려도 되겠습니까?

어머님.

잠시만. 잠시만 생각 좀
할 시간을 주세요.

그날… 후와 부군께서 함께
세상을 버린 날 정신이 없으셨을 겁니다.
그 와중에 뺑소니 가해자가 보낸
변호사 측과 합의를 보셨었죠?

네…

청와대에 청원이라도 넣든가.
뭐라도 해야지! 바보같이
이러고만 있을 거야?

몰라…

아, 갑갑해.

넌 남의 일이니까
쉽게 말하는 거지.

넌 네 얼굴, 네 이름
드러내고 저격할 수 있어?
증거도 없는데.

아, 진짜? 그럼 이대로
그냥 당하고 넘어가는 거야? 얼굴책
대나무숲 같은 데라도 올려.

…

이게 말이 되냐고? 응?

…

네?

어머니… 이제 어렵다.

아직 건강하시잖아요. 고통도 자주 하소연하지 않으세요.

마약성 진통제로 지금은 버티시는 것처럼 보일 거다.

그런데 곧 그것도 버티기 어려울 때가 올 거야.

서, 선생님. 저… 전 진짜 그러면… 아, 안 되는데요…

진통제 부작용으로 환각 증세가 나올 수도 있어.

가끔 환각 때문에 이상하게 보일 수도 있는데 네가 이해해야 한다. 지금부터가 정말 중요해.

앉으세요.

이해가 좀
안 되는 게 있어서요.

564

검사실

검사 채수연

예…

야간에 특수폭행
이라 정당방위 소견으로
올리셨는데 말이에요.

이게 이해가 안 되네요.

보니까 양쪽이 몇 월 몇 시
어디서 싸우기로 하고 시간, 장소
맞춰서 서로 패싸움을 벌인 건데 이게
정당방위는 아닌 것 같아서요.

…

형사님이 정당방위라고
주장한 것 같은데 그래서
오시라고 했습니다.

그리고… 표태진.
얘는 상습적인 폭행이네.
이제 만 19세짜리가 3년 전부터
계속 이러는데 이제 나이도 찼으니
법정에 세워야 할 것 같고요.

김종일, 얘는 볼펜을 들고
싸웠고. 칼이 아니라서
정상참작 여지는 있네.

그리고 강혁…

애는 손목, 발목
부러뜨린 애가 너무 많아.
정상참작의 여지를 넘어섰어요.
얘도 법정에 세워야겠고요.

정상대, 최성용은
각목 들고 싸웠으니 쌍방,
구본환, 최재욱은 여지가 있네요.
이세운도 쌍방.

아하하하… 저희 지금 밖에 함부로 못 다녀요. 알아보는 사람들이 있어서.

형님. 이거…

날짜 보면 알겠지만 오늘 싹 정리한 겁니다. 거기 찍혀 있는 금액이 최종 금액이에요.

…

…

그 돈 다 드릴 테니 부탁 하나만 들어주십시오.

경찰이 지금 서북고연 회장을 찾고 있는데 형님이 회장이라고 하면 안 되겠습니까?

내가? 왜?

동생 눈 치료하려고 돈 모으는 거 전 압니다. 거기 돈 전부 다 드린다니까요?

그럴 수밖에 없잖아요.
가해자가 특정되지 않았는데.

예. 태산고 놈들이 때린 건
확실한데 대체 폭행에 가담한 애들이
누군지 알 수가 없어서 결국 수사를
진행하지 못했습니다.

그렇지만… 그게 어떻게
정당화되겠습니까?

그래서요?

그런데…
혁이가 우리가 못 한 걸
혁이가 했습니다. 혁이가… 경찰이
못 한 걸 했습니다.

그래서
마음의 빚이 있다?

예. 검사님.

그래도 갑자기
이렇게 일을 그만두라고 하면
어떡합니까?

어차피 일당으로 받는 일인데…

뉴스 봤는데 자네 맞지?
위에서 안 된다고 하는 걸 어떡해?
이제 경찰서 들락날락하면
일도 못 나올 텐데.

미안하네.

여보세요?
팀장님. 팀장님.

하아…

뭐가 문젠데?

어… 한솔아.

병원 갔다가
집에 가는 길이야.
풀려난 거야?

불구속이니까 일단 풀려났어.
사건이 끝난 건 아니고.

# 따님을 주세요

이 개자식이!

이사님?

최유라한테
무슨 소릴 떠든 거야?

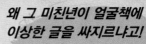

왜 그 미친년이 얼굴책에
이상한 글을 싸지르냐고!

...

뭐야?

700만 원입니다.
차근차근 갚겠습니다.

700?

아직 많이 부족하지만
꼭 갚겠습니다.

하! 이래서 머리 검은 짐승은
거두는 게 아니라더니.

왜? 돈 다 갚고 나면 나한테서
벗어나겠다 그런 거야?

…

…

네 동생 눈 수술은?

…

…

연희한테 네가
해줄 게 많이 있을 텐데?

…

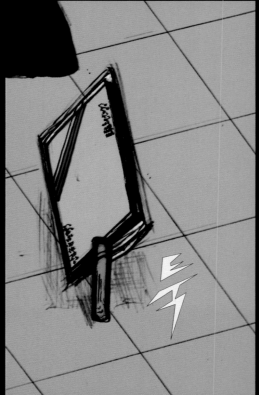

툭

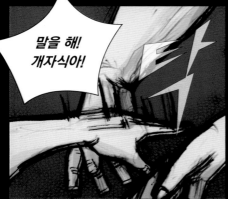

말을 해!
개자식아!

탁

제… 제가 잘못했습니다. 제가…

아직 기회는 있다. 넌 나를 질투해서 유라한테 없는 말을 지어낸 걸로 해라.

내 돈을 받은 이상 넌 내 개일 뿐이야. 생각하지 마.

그냥 주인이 위험하면 대신 죽는 그런 개가 되란 말이다. 알아들어?

네가 얼마나
쓸모 있는 녀석인지 증명해.

넌 정말… 쓸모없는
아이니까.

언니 이런 사람인 줄 몰랐어. 개노잼이야.

아직 안 친해서 말을 못 하겠어요.

이것들이…

근데 언니 방 빼면 어쩔 수 없잖아. 푸른이한테 연락하자.

내일 아침까지만 생각해보고.

얼굴책에 라이브 방송 중이죠?

제 얼굴 똑바로 잡아주세요.

예.

Live 👁 4,127

익명으로 올렸지만 나는 네가 누군지 알고 있다.

기회를 줄 테니 학교로 돌아와 학업을 마치길 바란다. 나를 음해한 것보다 네가 이런 일로 학업을 중도에 그만두는 것이 더 가슴 아프다.

365

학교로 돌아와라. 모든 것은 불문에 부치고 너의 잘못을 따지지 않겠다.

야. 니들 제보한
게시물에 악플 막 달린다.
너 꽃뱀이래.

유라야…

158

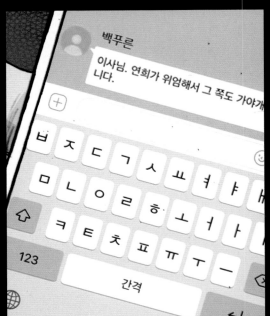

백푸른

이사님. 연희가 위임해서 그 쪽도 가야개
니다.

역시 거둘 놈이 아니었어.

예. 이사님.

떼인돈 받아 드립니

일  수

마지막으로 일 하나 큰 거 하지?

우수 고객님이 말씀하시는 건데 당연하죠. 뭔데요?

백푸른 알지?

알죠. 이사님이 빚 탕감하고 사 가신 놈 아닙니까?

백푸른이 좋아하는 여자가 있었는데 그 여자애는 다른 남자를 좋아했지 뭐야?

…저런 슬프기도 하지.

그래서 푸른이가 여자애를 때리고 그 여자애가 남자에게서 떨어지기를 바랐지.

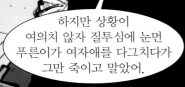

하지만 상황이 여의치 않자 질투심에 눈먼 푸른이가 여자애를 다그치다가 그만 죽이고 말았어.

예? 제가 지금 제대로 듣고 있는 거 맞습니까?

실수로 죽인 거지. 고통에 빠진 푸른이도 슬픔을 견디지 못하다가 그만 목을 매달고 말았다네.

## 진짜로 농구였다

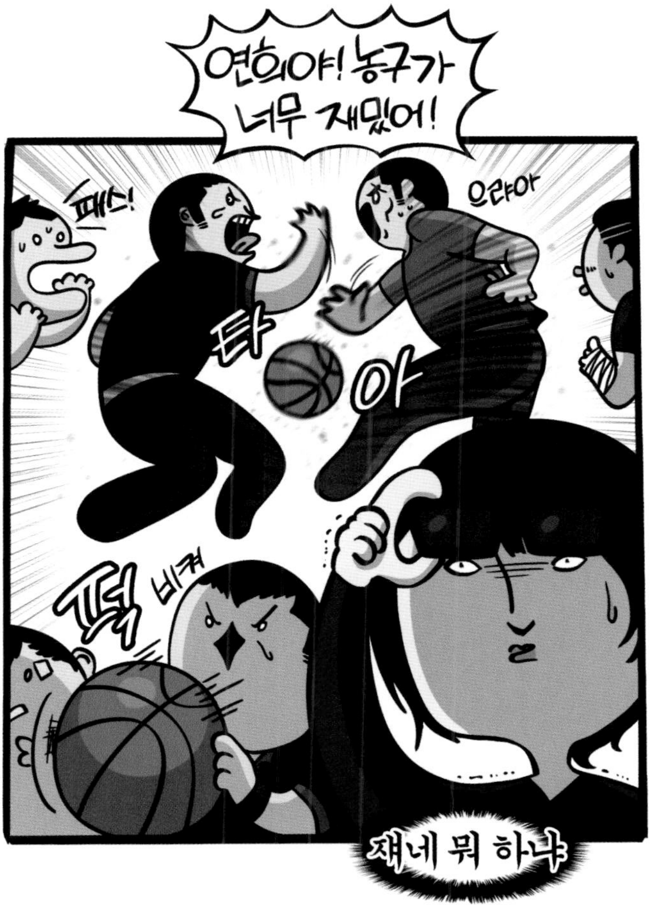
연희야! 농구가
너무 재밌어!
패스!
으랴아
타
아
퍽
비켜
쟤네 뭐 하냐

야! 너 뭐야?
왜 그러는데?

놔! 놔!

여기까지다.

뭐가 미친놈아!

연희한테 가야 되는데
유라를 넘겨주지 않으면 못 가.

무슨 소리 하는 거야?

너까지
다치게 하고 싶지
않으니까 가라고!

난 못 하니까 누굴
데리고 와서 막으라고!

!

경찰은 안 돼.

그러면…

내가 잡히면
연희한테 못 가니까.

너… 여기 꼼짝 말고
있어야 돼. 알겠어?

어디 가?

금방 올게! 아니,
누구 보낼게!

여보세요.

혁아! 혁아!

뭐야? 너 목소리 왜 이래?

도와줘. 유라가…
유라가 푸른이한테 잡혔어.

그런데 무슨 일 날 것 같단 말이야.

야. 성용아.

어. 한솔아.

변호사 써준다니까?
너한테 돈 쓴다고.

뭐? 야야… 나 지금
불구속 입건 상태인데
여기서 또 싸우면
나 완전 끝나.

하아… 이게 지금
잘하는 짓인지 모르겠다.

하기 싫어?
됐어. 그럼.

그냥 경찰에 신고를 해.

자세한 건 나도 모르겠는데
지금 신고하면 안 된대.
신고하면 위험해진다잖아!

됐어!

하아… 그래도
신고하는 게 제일 깔끔…

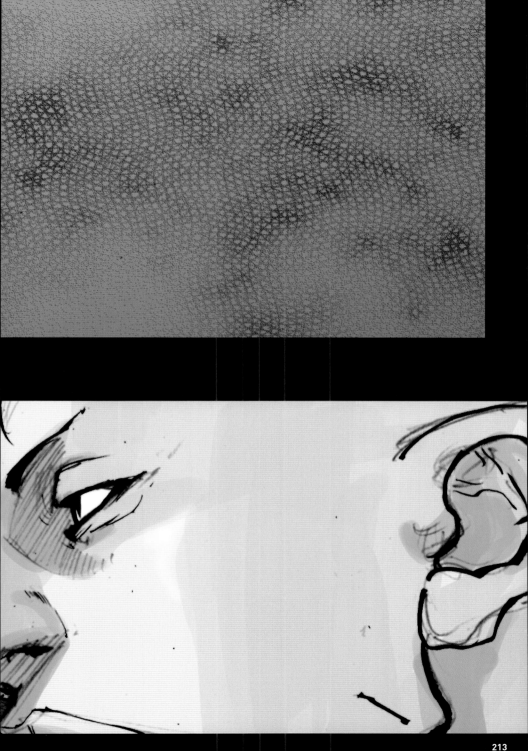

솔직히
네가 하는 말 이해 못 했는데
그냥 우리 둘이 유라 보내주고
연희 구하러 가면 안 돼?

그러면
수술 못 한다고
했잖아!

주먹이 거의 안 들어간다.
몸이 드럼통 같아.

누구 전화야?

병문안 가자는데 내가 너랑
공부해야 한다고 안 간다고 했어.
잘했지?

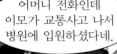

어머니 전화인데
이모가 교통사고 나서
병원에 입원하셨다네.

미쳤어?

왜?

그, 그래도 될까?

어머니가 날 어떻게
생각하겠냐고? 빨리 가!

224

뭐야? 아무도
안 온다더니 혁이 왔네?

언…니.

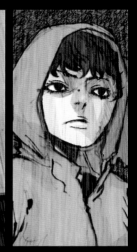

ㅋㅏ

ㅇ

나 온 것도
모르고 있네.

언니… 어떻게…?

됐고 가자.

두 사람은
내버려둬요?

알 게 뭐야. 지금은
너만 데려가면 되는 거지.
가자.

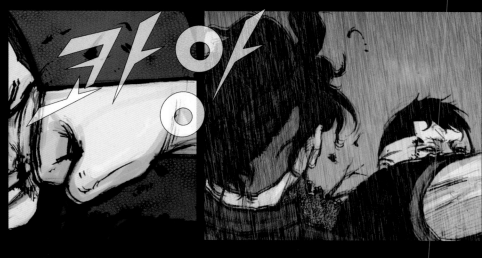

올 필요 없어.
나 경찰에 신고할 테니까.
여긴 다 해결됐어.

뭐 어떻게?

뭐어…?

뭐?

내가 끝내버렸지.

이년들아.
안 믿기냐?

컥!

근데?

그래서?

서북고연 1기 운영진들도 이정우 중심으로 모여 있던 친목 단체여서 이정우 따라서 다 물러나고 서북고연도 해체한대.

뭐 그건 그 자식들 생각이고 내가 서북고연 먹으려고.

완전히 모임 개편할 거고 이제 돈 거둬서 나누자고.

...

그러면 노가다 뛰는 것보다 훨씬 더 많은 돈 만질 수 있을 거야.

...

훨씬 더?

그래. 그러니까 복학해. 서북고연 우리가 다 먹자고.

난 금방 졸업해. 내년에 네가
회장 해서 돈 다 먹어.

연희 눈 수술 시켜줘야지.

뭐지?

왜 이렇게 안 와?

오지 마. 절대…

절대 오면 안 돼.

원장님!
원장님!

방금 형국 학생을 찾는
전화가 왔는데 무슨 일 있는 거지요?
형국 학생.

여보세요?

형. 나 본환이. 혹시
연희랑 같이 있어?

너희 어디야?

형국 학생.

예?

경찰에 신고하면 됩니다.
연희는 시각장애인이라 만일의
경우를 대비해 위치정보 앱을
깔아뒀으니까요.

지금⋯ 확인할 수 있습니까?

여보세요?
여보세요? 어. 형. 어디?
우리가 있는 데서 거기 좀 먼데?
응. 응. 알았어.

뭐래?

원장님이 경찰에
신고할 건데 그냥 기다릴 수는 없으니
형국 형도 간대. 장소는…

여기.

태진이랑 종일이한테 말해.

좀 먼데? 비가 와서
20~30분은 걸릴 것 같은데.

띠 리 리 리

어. 나 필요 없지?

태진아.

목소리 까는 거 보니
뭐 있나 보네.

279

그래. 너희가 지켜.
내가 확 당길 테니까 혁이
넌 내 뒤에서 따라와.

무브! 무브!
고! 고!

부탁한다.

…

알겠습니다!

아직 기다리고 있겠죠?
이거 출발도 늦었는데
비가 와서 너무 늦었네.

지가 어딜 가?
약점을 잡힌 놈은
아무 데도 못 가.

어? 저기… 저거
백푸른 아닙니까?

응?

연희… 연희…

저 새끼. 왜 저기 있지?

여기서 담글까요?

근데 와서 우리 또 깨고
저것도 데리고 가면 어떡해?

만일의 경우를 대비해서.
말만 해요.

인원별로 들고 왔으니까.

어이구. 양아치 새끼.

응?

?

움직여봐.
애 어떻게 되나.

앗!

여긴 사람 없는데요?

없는데요?

CCTV는?

그지? 이 자식 가는 쪽이 인적 드물 줄 알았어.

찻길 끊어졌습니다.

여기서부터는 걸어가거나 오토바이로 가야 할 것 같은데요?

힘들게 우리가 왜 가니?

여기도 자살 장소로 적당하네.

칼? 귀찮네.

짜증 나네. 진짜.

뭐야?

나 지금 주먹질하면 안 되니까 얌전히 좀 있어줄래?

개소리를 하고 있어!

연희…

개같이 꼬이네. 썅.

응?

힘 내! 조금 더!

와! 돌로 머리를 몇 방을 깠는데 안 뒈지냐?

최선을 다하고 있어요!

열심히 하자!

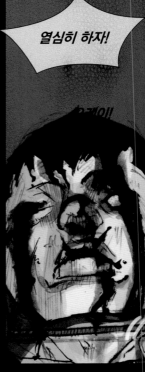

됐다! 됐다!
조금만 더.

오빠! 푸른 오빠!

백푸른이잖아?

잡아!

가까이 오지 마!
가까이 오면···

끅.

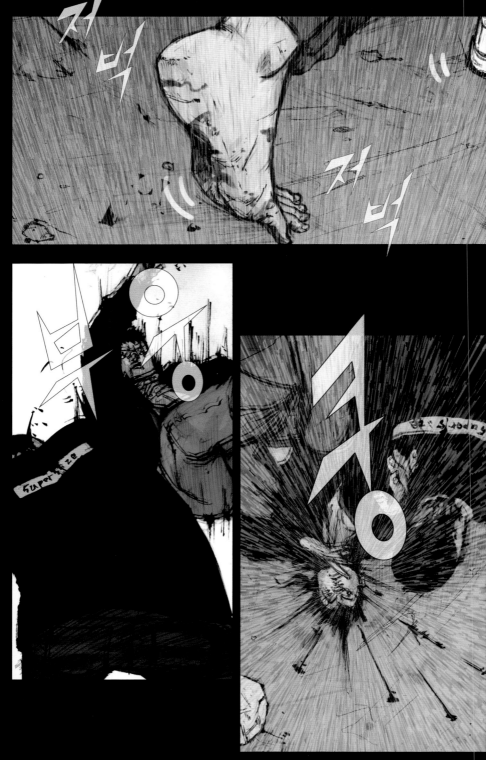

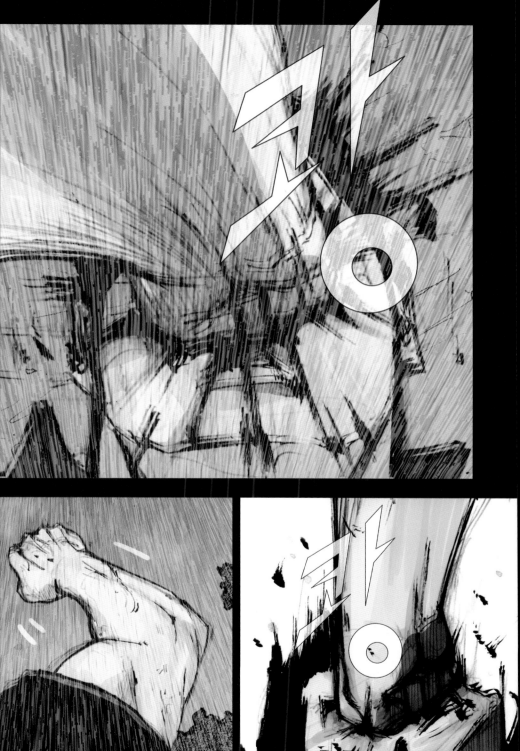

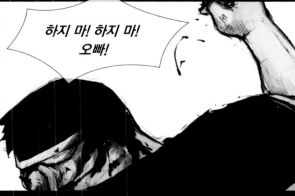

하지 마! 하지 마!
오빠!

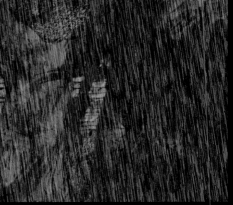
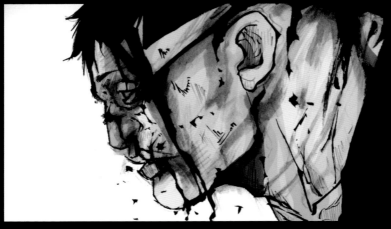
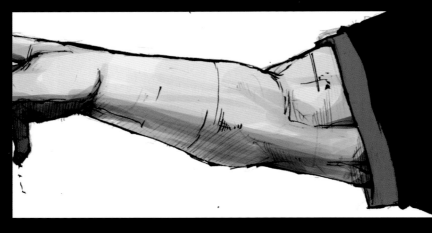

손이…

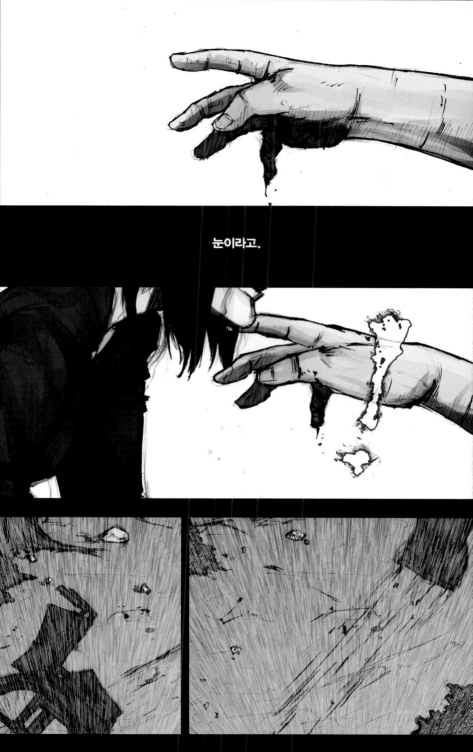

눈이라고.

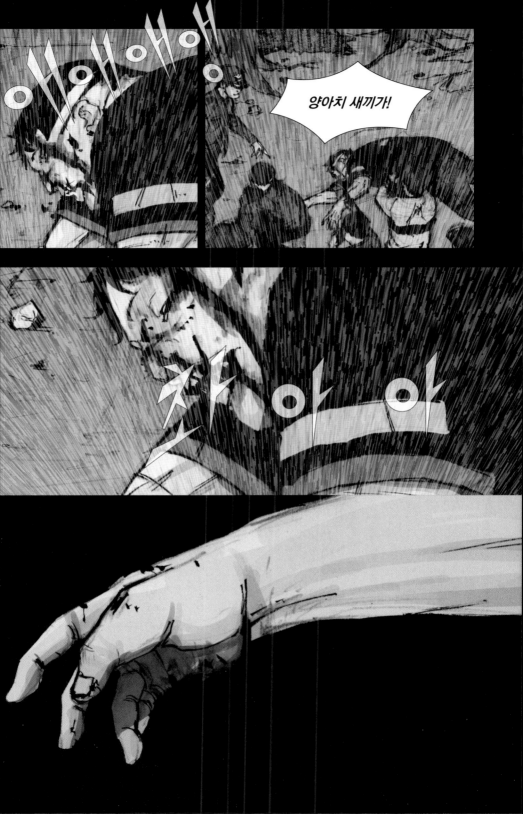

10대들이 학교 연합 폭력 서클을
결성하고 체계적으로 학생들의 금품을 갈취한
소식을 전해드린 적이 있죠. 이번엔 불구속 기간을
이용해 인질극을 펼친 소식입니다.

네티즌들은 소년법을 없애라고
청와대에 청원을 넣고 있습니다.
어떤 사연인지 자세한 소식 전하겠습니다.
류제홍 기자.

네. 류제홍입니다.
어제 비가 억수같이
쏟아지던 날…

이번에 전모가 밝혀지면서 서북고연과 싸운 네 쪽 애들은 표창 받을 거야.

단순한 싸움이 아니라 용기 있게 맞선 게 인정되는 분위기야.

태진이는요?

태진이는 좀 복잡하지만 이번에 반민찬 잡은 게 연희 구하려고 그런 거잖아. 정상참작 여지가 많아. 검사님도 상황에 대해 이해하고 있고.

민사에서 좀 걸리는 게 있긴 한데 믿는 구석이 있나 보더라고.

백푸른은… 안됐지만 뇌진탕에 출혈이 너무 많아서…

박형국한테 소식 들었습니다.

어머니 치료 받고 계시지?

네. 이제 열심히 받고 계세요.

아휴… 좀만 일찍 마음을 잡으시지. 친구놈이 걱정이 태산이야.

323

예. 그래도 조금 마음이 놓여요.

아 참, 너 영장 나왔어?

예. 연기하려고요.

걱정하지 마. 너 같은 녀석은 면제야. 너 말고 중환자를 돌볼 수가 없으면 면제될 거야.

요즘 군대 못 가면 신의 아들 아니면 진짜 하층민이라던데…

하층민은 무슨. 가만 있자… 그리고 또.

?

이태성 잡으러 가자.

예?

살인을 교사했어. 증거도 있고. 통화 녹음 파일이 있더라고.

어…

딴 놈은 몰라도 그놈 잡는 건 꼭 너한테 보여주고 싶다. 가자.

아 참, 너 얼굴책 봐라.
최유라가 얼굴 까고
기자회견 한다.

!

더 이상 익명 속에
숨어 있지 않겠습니다.

모든 것을 밝히겠습니다.

삑

처음부터 간음할 목적으로 좋아하는 척한 거였으니 위계 성립됩니다. 갑시다. 수갑이라도 채울까요?

옷 좀 챙깁시다.

어때? 통쾌해?

내가 몇 년 살다 나올 것 같아?

…?

이태성 씨.

…

한 가지 가르쳐줘? 너 같은 게 잡혀 들어가면 징역 10년이야. 근데 내가 들어가면…

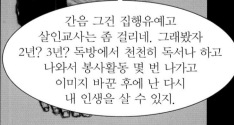

간음 그건 집행유예고 살인교사는 좀 걸리네. 그래봤자 2년? 3년? 독방에서 천천히 독서나 하고 나와서 봉사활동 몇 번 나가고 이미지 바꾼 후에 난 다시 내 인생을 살 수 있지.

민중의 지팡이가… 이래도…

보시다시피
강혁 군 얼굴을 보십시오.
얼굴 엉망이죠? 이게 다
이태성과의 격투로 인해
생긴 상처입니다.

피의자 이태성은 완강하게
저항하고 저를 밀치고 달아나려 했으며
강혁 군이 저를 도와 격투 끝에 현행범을
붙잡았던 것입니다. 예.

어찌 된 일인지 이태성은
그 부분에서 사실을 말하지 않았다.

법을 잘 아는 이태성은
사실에 대해 공방을 펼치기보다
깊이 반성하는 자세를 선택했다.

며칠만 신세 지자. 미안.

세운이는 집에서 쫓겨났다.

종일이는 연락이 뜸하다.
대학생이니까 뭐.

태진이는 뭘 하는지 모르겠다.

연희는 형국과 내가 간간이 돌본다.

고마워.

오빠.

모든 것이 끝난 것 같았다…

하지만…

# epilogue

## 1

한솔이 집으로 들어간 후 태진은 생활고에 시달리고 있었다. 법적 문제는 모두 해결되었지만 직장을 구하기가 쉽지 않았다. 위협적인 덩치에 폭력 전과를 가진 사내에게 일을 주는 사람은 없었다. 견디다 못한 태진이 집으로 전화를 하면 동생 태민이 욕을 하기 일쑤였다.

"야. 네가 형이냐? 너 때문에 우리 집안 합의금 물어준다고 망하게 했으면 정신 차리고 살아야 할 거 아냐? 또 손을 벌려? 얼마나 집구석 망하게 해야 정신 차릴 건데? 응?"

태진은 친구를 만나기도 어려웠다. 친구를 만날 돈이 없었고 친구를 만날 자신이 없었다. 그저 어떻게 배를 채울지 고민하다가 무료 급식소를 기웃거리기도 했다. 월세가 계속 밀리자 집주인은 방을 빼라고 했고 태진은 결국 방을 뺐다. 보조금에서 월세를 제하다 보니 손에 남은 돈은 4만 6천 원이 전부였다. 그 돈과 옷가지 몇 점과 아직은 살아 있는 핸드폰과 필요한 짐들을 챙겨 태진은 길거리로 나왔다.

그리고……

내일은 좀 더 낫기를 바라며 태진은 노숙을 시작했다.

## 2

혁은 군대 면제 판정을 받았고 어머니는 뒤늦게 의지를 불태웠지만 3개월이 지난 어느 날 결국 세상을 떠났다. 어머니의 장례식에 태진은 오지 않았다. 혁은 가족을 잃었다. 세운이 엉겨 붙어 같이 살고 있었지만 문득문득 떠오르는 가족이 그리웠다. 혁은 혼자 방에 앉아 종종 울었고, 울고 나면 다시 마음을 다잡곤 했다. 그렇게 마음을 굳게 하고 나면 어디선가 세운이 나타나 혁의 눈가에 있는 눈물을 보고 손가락질하기 일쑤였다.

"또 울었냐? 이거 세상에 알려야 돼. 투신은 무슨."

그래도 이 녀석이 있어서 다행이다.

세운이 없었다면…?

글쎄? 한강은 참으로 깊고 물살이 빠르다고 한다.


## 3

재욱이 군대에 간 후 본환은 공도에서 지기 시작했고 결국 좀도둑질을 하다가 경찰서에 들락거리기 시작했다. 상대는 용감한 시민상을 받고 기천고에서 스타가 되었다. 성적이 나쁜 상대는 용감한 시민상으로 수시에 합격했다. 성용은 현덕고에 진학해 못다 한 학업을 하기로 했다.


## 4

슬기는 머리를 기르기 시작했다. 유라는 법정에서 이태성과 싸우고 있다.

# 5

푸른의 사망 원인은 무거운 돌로 여러 차례 머리를 맞아 생긴 두개골 함몰과 그로 인한 출혈 때문이었다. 푸른이 연희를 해치는 줄 알고 푸른을 가격했던 경찰은 뒤늦게 사정을 알고 연희의 수술비를 보냈다. 경찰은 혹시 자신이 푸른을 가격한 것이 사인이 아닐까라고 생각했지만 그건 아니라고 했다. 부검의는 이미 그전에 죽었어야 했다고 말했다. 또, 부검의는 무엇 때문에 푸른이 그토록 삶을 놓지 않고 버티었던 것인지 궁금하다고 했다.

# 6

푸른의 사진은 연희의 책상 앞에 놓여 있다. 어린 시절의 구김 없던 푸른의 모습을, 연희는, 푸른이 기증한 각막을 통해, 매일 보았다.

# 7

종일의 인생은 평탄하다. 서희와는 100일 기념 파티를 했으며, 대학에서 친구들도 활발하게 사귀고 있다. 하지만 혁과 태진과는 점점 거리가 멀어지는 것 같다. 종일은 혁을 만나서 이야기를 할 때 대화가 되지 않는다고 생각하기 시작했다. 학점과 소개팅, 학과 수업을 이야기하는 종일과 먹고사는 이야기를 하는 혁이었다. 혁도 종일과 대화가 이어지지 않는다고 생각했다. 혁은 종일의 삶을 응원하며 조용히 거리를 두기 시작했다.

그리고…

하… 죽겠네. 진짜.

# 작가의 말

간밤에 비가 쏟아지더니 부산엔 벌써 벚꽃이 피고 있습니다.

저는 《블러드 레인2—천외천》을 작업 중이고

다음 주에 있을 강연 준비로 부산합니다.

일을 하고 일을 또 하며 하루하루 그렇게 채워나갑니다.

그러다 문득 돌아보니,

또 하나의 작품이 나왔습니다.

**2019년 3월 어느 날. 부산에서 Meen**

뭔가 수집한다는 건 참 재미있고 보람찬 일 같습니다.

저는 예전에 건프라를 수집하다가

최근 들어 에어조던1 시리즈 운동화를 수집하고 있습니다.

근데 이거 부피가 커서 보관도 어렵고,

작업실에서 작업하는 시간이 대부분이다 보니

신어볼 일도 잘 없네요.

역시 수집 중에 최고의 수집은 만화책 수집입니다.

이 만화가 연재, 출판되도록 힘써주신 모든 분께 감사드립니다.

속물 백승훈 올림

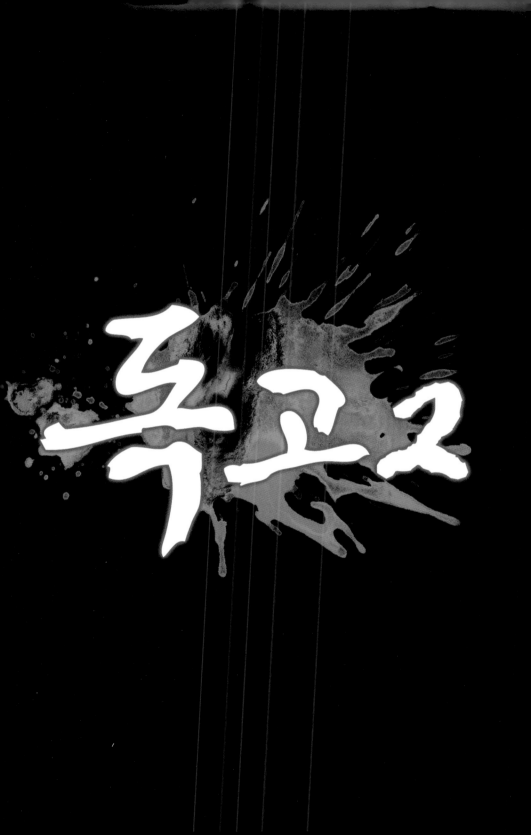

# 독고2 5

**초판 1쇄 인쇄** 2019년 6월 27일
**초판 1쇄 발행** 2019년 7월 15일

**지은이** 민 백승훈
**펴낸이** 김문식 최민석
**편집** 이수민 김현진 박예나 김소정 윤예솔
**디자인** 손현주
**편집디자인** 김철
**제작** 제이오

**펴낸곳** (주)해피북스투유
**출판등록** 2016년 12월 12일 제2016-000343호
**주소** 서울시 성북구 종암로 63, 4층(종암동)
**전화** 02)336-1203
**팩스** 02)336-1209

© **민·백승훈, 2019**

**ISBN** 979-11-88200-83-2 (04810)
       979-11-88200-78-8 (세트)